강은숙 첫 시집

흔들리는 나뭇가지처럼

 뜨락에

새로운 출발점에 서서

내가 詩를 배울 때 사랑하는 친정엄마를 천국으로 보내고 깊은 슬픔에 빠져 있던 시기였다. 그때 시창작반에 들어가게 되었고, 박가을 선생님을 만나게 되었다. 선생님을 뵙는 순간, 막연하게만 생각했던 시인이 되고 싶다는 꿈이 현실로 다가왔고, 나는 시집을 내야겠다는 강한 마음이 들었다.

어릴 적에 잠시나마 시인이 되고 싶다는 생각을 했었지만, 그것이 구체적인 목표가 되지는 못했다. 그러나 환갑을 맞이한 해에 첫 시집을 펴내며, 나는 신인문학상을 받게 되었으며 시인으로 새로운 삶을 시작하게 되었다. 이 순간은 잊을 수 없는 벅찬 순간이었다, 내 인생길 더욱 기대되고 보람차게 느껴진다.

살아오면서 나는 늘 하나님께 만남의 축복을 달라고 기도했다. 그리고 박가을 선생님을 만난 것은 나에게 그런 기도의 응답이었다. 슬픔에 빠져 있던 나에게 선생님은 은인과 같은 존재였다. 선생님을 만나게 된 것은 행운이었고, 나에게 큰 힘이 되었다. 함께 시를 공부한 동료들도 잊을 수 없다. 그들은 나의 글과 마음을 나누는 소중한 동반자다.

첫 시집을 내는 과정은 나에게 단순히 한 권의 책을 펴내는 것을 넘어, 내 삶의 새로운 출발점이자 큰 전환점이다. 이제 나는 시인으로서의 길을 걸으며, 제2의 인생을 더 풍요롭게 만들어 갈 것이다.

희, 로, 애, 락

내가 난생처음 시집을 내게 된 동기는 살아가면서 가족이라는 단어다. 가족은 희노애락을 함께 겪으며 소중한 추억을 만들어 가는 존재이다. 이런 기억들을 한 권의 시집으로 묶어 가족들에게 선물하고 싶었다.

가정이라는 공간은 누구나 공감할 수 있는 이야기들로 가득 차 있다. 소싯적의 꿈, 부모님과 가족에 대한 애정, 그리고 우리가 자연 없이 살아갈 수 없는 깨달음, 자연의 소재가 시에 담도록 쉽게 접근할 수 있었다. 첫 시집을 내게 된 동기는 바로 이러한 소중한 것들을 시로 표현하고 나누고자 하는 마음에서 비롯되었다.

이 시집을 읽는 모든 독자 여러분께 조금이나마 위로와 공감, 그리고 따뜻한 감동을 전할 수 있기를 바라며 여러분도 자신의 가족과 자연의 소중함을 다시금 느낄 수 있기를 기대한다.

이 모든 영광을 하나님께 감사드립니다.

여름날 창가에서 강은숙(꽃잎)

차 례

1부
갈대의 노래

바람에 실린 생명

베란다 난간 다육이
그 틈 사이로
채송화 홀씨 하나
바람에 살포시 내려 앉아
어느덧 홀연히 꽃을 피웠다

작고 여린 생명
바람의 손길 따라
무심한 듯 다가와
채송화 꿈이 담긴 기적
베란다 작은 정원을 만들었다

그대 마음속 작은 희망처럼
강인하게 피어난 꽃
자연의 신비는
우리 가슴에 남아있다

좁디 좁은 틈사이 피어난
아름다운 채송화.

메밀꽃 필 때

고요한 달빛
어둑한 밤바다는
하얗게 물든 메밀꽃밭
바람에 흔들리는 꽃잎은
속삭이듯 가슴에 스며든다

메밀 향기 가득한
오월
고된 하루의 끝자락
눈 감으면
그리움 피어오르는 밤

허전한 길 걷다 보면
지난날 기억이 만져지고
흩어진 메밀꽃 사이로
아련한 추억이 피어난다.

소나무 향기

하늘 향해 곧게 뻗은 가지마다
세월의 바람 앞에 흔들림 없는 소나무
푸른 잎새 사이로 스며드는 햇살
설렁설렁 그리움이 다가서 온다

깊이 내린 뿌리는
땅속에서 이야기를 듣고
거센 폭풍에도
꿋꿋하게 세월과 맞서고 있다

역사의 흐름 따라
천년을 버티며 살아가는
변하지 않는 푸르름이여

솔 향기는
오늘도 숲속의 비밀을
담담하게 껴안고 버티며 서 있다.

아름다운 여정

세상의 모든 비바람 맞으며
끝이 없는 길
함께 걷는 이 있어
삶의 동반자라 부른다

그 먼 길을 가는 동안
따뜻한 정을 나누며
고단한 발걸음에도
애써 태연하게 웃는다

비바람 몰아쳐도
함께 서서 견디며
희망의 빛을 따라
그날까지 동행하리라

내 마음
그대 마음
풋풋한 아름다운 여정
우리 우정 영원히 기억하리라.

갈대의 노래

호숫가에 서서
바람결에 흔들리는 갈대
가늘고 여린 가지마다
꺾이지 않은 몸짓
강인한 생명력을 닮고 싶다

하늘과 땅을 잇는
그 얇은 춤세 하나하나
삶의 여정
세상 수 없는 이야기 깃들어 있다

가끔 비바람 불어와도
꺾이지 않는 생명이여
그 흔들림에도 다시 서는
갈대의 본연의 자태

계절의 변화에도
서걱서걱
자연의 소리 들려준다.

안부

기다린 끝에 도착한
한 줄의 서신
가슴 깊이 스며들어
따뜻한 기운이 느껴진다

서로의 안부를 묻는
짧은 글 속에서도
마음은 하나
희망의 빛을 나눈다

길고 긴 하루
정으로 다가와
이 작은 편지 한 줄
내 마음 흡족하게 채워본다

글자마다 담긴 온기
그리움이 묻어있어
다시 만날 그날을 기다려 본다.

그리움의 그림자

노을빛은 저물어가고
저 멀리서 스며드는 그리움이여
아직도 아련하게
가슴 한켠에 서성거이며
뜨거운 그림자로 드리워진다

잊은 듯 사라져간
그러나
문득 떠오르는 얼굴
세월이 흘러갔지만
그리움의 흔적은 남아있다

바람에 흩날리는 꽃잎처럼
손에 잡히지 않는
가슴 깊이 새겨진 얼굴
언제나 곁에 머무르고 있다.

담장 너머

담장 너머
봄바람 따라
나무 잎새가 춤을 춘다
좁은 골목길
창 너머로 보이는 이파리
언제나 그들과 함께 있어 행복하다

어디선가
아이들 웃음소리가 들려오면
금세
따뜻한 향기가 퍼지기 시작한다
내 어린 시절
행복한 순간이 떠올라서다

세월은 흘렀어도
우리의 추억은 변하지 않고
친구들의 모습만
아련한 그리움으로 다가온다

담장 너머 아름다운 세상
까딱까딱 숨을 쉬고 있다.

그날이 오늘처럼

가지마다 붉게 물든
보리수
붉디붉은 열매마다
정열의 노랫소리가 울려 퍼진다

혀끝에 닿으면
새콤달콤 털털한 맛
눈을 찡그리며 웃던 모습
그날이 오늘처럼 내 안에 남아 있다

강렬한 햇살 아래
푸르른 숲속 보리수 열매
유월이 오면
그 시절 그리움만 남아 있다.

흔들리는 나뭇잎처럼

겨울비가 촉촉하게
대지를 적셔주고 있다

아직 떨어지지 못한
잎새 하나 나뭇가지에서
흔들거리며 비를 맞고 있다
비가 오는 날이면
쭈뼛해지는 감성 마구 솟구친다

어디론가 나만의
세계로 떠나고 싶다
날아다닐 수 있는 새가 되어
저 빗속을 날아다녔으면
지금껏 경험하지 못한
상상의 날갯짓으로 저 먼 곳
내가 갈망하는
세상을 맛보며
자유롭게 훨훨 날아다니고 싶다.

여름날의 웃음

네가 떠오르면
그 시원한 여름날이 생각나
비는 왜 그리 많이 내리던지

나는 초보 농부로
밭두렁에 파란 줄기를 볼 때마다
기쁨과 웃음이 가득했지

가을이 오면
너를 만날 생각에 가슴이 두근거렸고
너는 잘 자랐을까
크고 통통한 아이일까

마침 가을이 되면
너를 만날 생각에
순간 너를 보고
그날을 잊을 수가 없었지
행복했으니까
자연이 준 선물 기쁨이 가득했어.

보름달이 뜨면

엄마와 나는
다정하게 손잡고
달빛 속으로 걸어갔었네

일상의 어둠을 떨쳐 버리고
달빛 비추던 길 따라 걸어가고 있었네

오늘같이
보름달이 뜨는 날이면
밝게 비추던 보름달을 보며
엄마와 나눴던 다정한 이야기
시방
그날 밤이 그리워 눈시울이 붉혀지네.

가을 하늘

네가 너무 높아서
올려다보면
환한 미소를 지어본다
내 가슴속은
네가 예뻐서
한참이고 너만 바라본다

마치
내 마음처럼
뭉게구름 새털구름
둥둥 떠다니며
그냥 환하게 웃음 짓는다

너는 예쁜 꽃
저 푸른 하늘을 날며
나도
날개를 활짝 펴고
어디든 훨훨 날아가고 싶다.

사진 한 장

그녀가
하얀 드레스를 입고
신부처럼 환하게 웃고 있다
한 장의 가족사진
순간의 표정으로 머물러 있다

소녀처럼
상기된 얼굴로
나를 바라보며 멈춰있다

지나치는 삶
덧없이 흘러만 가는데
엄마는
계속 웃고만 계신다

인생길 한순간을 내려놓고
영원히 그 자리
내 삶 속에
엄마는 늘 머물러 있다.

밤하늘의 별

반짝거리는
별을 보면
그 옛날 생각에
내 마음이 아련해진다
밤하늘 별을 보면
마치 울 엄마 얼굴을 닮았다

보고 싶고
만지고 싶고
얼굴 마주 보며
이야기하고 싶은 오늘이다

붉게 물든 보름달은
엄마 얼굴
내려다보는 것 같아
두 눈에 이슬이 맺힌다

아!
그리움은
찬란한 별빛 사이로
그림자 하나
내게로 다가오고 있다.

고백

어느 날
내 마음속에
너의 모습이
하나의 점이 되어 박혀있다

내 마음은
시냇물이 되고
강물이 되어
너른 바다로 흘러만 간다

세월이 흘러
너와 내 마음이
하나가 되는 날

난
너를 사랑한다
고백해야지.

바람부는 날

햇살 가득한 언덕 위
푸른 잔디밭에 피어난 풀꽃은
자연의 아름다움을 노래하고 있다

바람 소리에 춤추며
하늘의 푸르름을 안고
햇살은 눈부시게 빛난다

작은 나비 날아와
풀꽃의 향기를 맡으며
한순간의 자유를 노래한다

풀꽃은
마음을 따스하게 만들고
싱그러움은
아름답게 자연을 만들어 준다.

풀꽃처럼

푸른 언덕에
풀꽃이 피어나네

내 작은 꿈이
풀꽃처럼 핀다면
새벽에 내리는 이슬이 될란다

엄동설한
그 참음으로
내가 걸어왔던 길
풀꽃은 알고 있겠지.

2부
설레던 첫날밤

나는 시인詩人이다

언어에 꽃 피우는
그 길을 걸어 본다

초심을 잃지 않고 피어난
열정의 꽃
그 안에서
뜨거운 감성은 파도처럼
한층 더 깊어진
훨훨 타오르는 불꽃이 되었다

시간 흐를수록
미로를 헤쳐가며
달인처럼 표현하는 언어
두 마음의 속삭임 같다

오늘도
시상詩想을 불태우며
고뇌의 값진 선물
나는 시인이 되었다.

아버지의 빈자리

이렇게 비가 쏟아지는 밤이면
나는 창가에 앉아
아버지의 빈 자리가 그리워진다
그 자상한 미소
따뜻한 손길이 느껴진다

가슴 깊이 퍼지는 그리움
어떤 말로 표현할 수 없다
시방 아버지의 얼굴
사무치는 보고픔은 스치듯 지나간다

보고 싶음에 눈물이 젖는다
아버지는
내 삶을 이끌어주는 나침반이었고
그 넓은 사랑은
지금도 내 안에 살아있기 때문이다.

그 따뜻함이여

1
아버지
내 곁을 떠나셨지만
그 따뜻한 미소와 사랑은
항상
내 마음속에 살아있다

2
아버지
따뜻한 음성은
나를 항상 따라 다닌다
힘들 때도
기쁠 때도
지금, 이 순간에도.

봄비에 젖어

봄비를 맞으니
그리움이 흘러나온다
얼어붙은
이내 가슴에도
봄비에 흠뻑 젖어 본다

기다리던 봄은
파란 싹이 움터
그리움은 언제까지
긴긴날 기다리면 올까.

초가지붕 아래서

밤하늘에
흰 눈이 펑펑 내리면
어린 시절 추억이
새록새록 생각난다

발목을 차오르는 눈길
초가지붕 아래서
고드름을 따먹던 시절
그 옛날의 따뜻한 기억들

눈 내리는 날에는
친구들과
순수한 추억이 생각나
다시금 내 마음을 울린다.

엄마와 둘이서

눈이 내리는 밤
엄마와 둘이서
이야기를 나누며
행복했던 순간
그 시간이 그립다

지금도
그날의 따뜻한 기억
내 마음 감싸며
사무치도록 보고 싶은
엄마
엄마.

창밖을 서성이며

봄이 어느새 내 곁에 왔다
뭉게구름처럼 흩어지는
친정엄마의 미소

아버지가 먼 여행을
떠나시던 날
남겨놓은 그림자
홀로 창밖을 서성이는
엄마의 모습

꽃처럼 예뻤던
엄마의 얼굴
사진 한 장 속에
눈물샘이 솟아난다

엄마는 날 의지하며
단란하게 사셨다
이른 봄 밤하늘을 바라보며
아버지와 행복했던
지난날 그리워하는지
엄마의 어깨 위에
눈물 향기가 퍼져 흐른다.

화려한 외출

촉촉한 대지 위에
봄비가 소리 없이 내린다
싱그럽게
아침을 준비하게 한다

봄비가 내리는 날
그리움이 채색되어
내 마음을 울렁거리게 한다

봄비가 내 마음을
촉촉하게 만들면
거울 앞에 서서
화려한 외출을 꿈꾸어 본다.

소중한 인연

삶은 순간의 흐름 같다
많은 사람도 흐름 속에
녹아들어 스치고 지나간다

그냥 스치는 사람도 있지만
가끔 마음에 쏙 드는 인연도 만난다

특별한 만남도 있다
같은 생각을 공유하고
같은 길을 함께 걸으면
우리의 인연은 마치 별처럼 밝다
세상에서 특별한 연결고리로
詩를 배우는 인생의 동반자다

짧은 시간임에도
서로를 이해하며 하나가 된
소중한 순간들
문우의 길을 만들어 갈 것이다.

발레리나

무대 위에 우뚝 선
우아한 발레리나
빛나는 조명 아래
현란하게 춤을 추네

가녀린 몸짓
강인한 의지 담아
잔잔한 음악에 맞춰
훨훨 하늘을 날아다니네
흘린 땀방울은
그녀의 춤사위에 빛이 더하네

발끝으로 전하는 선율
순간의 아름다움은
그녀가 꿈꾸던 무대다

발레리나
그녀의 열정
희망의 날갯짓은
세계를 향해 널리 펼쳐가네.

빨간 외투

아침 일찍
서울 백화점에 갔다
이곳저곳
엄마가 좋아할 만한
빨간 외투를 발견했다

고상한 단추가 달렸고
꽃술도 달린 외투
단아한 모습
엄마가 좋아할 것 같다.

가시지 않은 온기

비어 있는 집
대문을 열고 들어선다
온기가 채 가시지 않은
방문을 열어 본다

화장대 위에
올려놓은
금가락지 두 개
주인이 어디 갔을까?
따뜻함이 느껴진다
엄마
저 하늘나라에서 왔다 가셨나 보다.

그 사람

먼발치에서 보아도
보고 싶은 사람

늘 가까이 가고 싶지만
차마 곁에 갈 수 없다

그는 누굴까

숨이 멎을 것 같다
깔딱깔딱.

선남선녀

거실 중앙에
엄마 아빠 얼굴
마흔 때의
사진이 걸려있다

누가 보아도
선남선녀 같다

다정한 모습
싱그러운 추임새
샘이 날 정도다
내가 닮아서.

파출소에서

새벽 2시 5분
요란스럽게 벨이 울린다
경찰이다
누구 씨 맞나요?

파출소로 줄달음치게 달려갔다

초라하게 소파에 앉아 있는
엄마
와락 껴안았다
두 눈에 눈물이 흐른다
치매

아 누구더냐?

서쪽에 떠 있는 달

산모퉁이 돌아서
웃자란 풀숲이 발길에 걸린다

높지 않은 산길
빠른 발걸음도
더디게 옮기기가 무겁다

아직 채 마르지 않는 본봉
보는 순간
가슴이 매어진다

엄마 나 이제 왔어
너무 보고 싶었지
그냥 하늘을 본다
두 눈에서 주르르
하얀 달이 서쪽에 떠 있다.

설레던 첫날밤

시제詩題가 막 떠오른다
톡톡 터지는 소리
아우성을 치며
감췄던 글을 고백하라며
밤을 뜬눈으로 지새웠다

너도나도
시제가 살아 꿈틀거리는
쿵쿵
설레던 첫날밤

그 시절처럼.

그림을 그리듯

인생 퍼즐을 맞추며
'나'라는 작품을
한 번에 완성하지 못하고
그림을 그리듯
천천히 쉼표를 찍는다

그러나
나는
힘들다 소릴 내며
세계지도를 그려놓고
나만의 멋진
도도한 입술로
작품을 완성해 간다.

창가에 기댄 채

봄바람
귓전에서 부르는 소리
봄 향기 꽃단장하고
창틀에 기댄 채
이른 아침을 깨운다

요염한 자태 내뿜는 꽃
너도나도
발그스레한 얼굴로 고갯짓한다

봄바람에
햇빛도 행복한 듯
그 사람의 얼굴
환하게 웃음 짓는 아침이다.

반지

손 마디가 예뻐서
엄마 손을 닮은
내 손가락
똑같은 반지를 맞추었다

엄마 거 하나
내 거 하나
지금은 내 왼손에만
껴있는 반지
서랍 속에 잠자는
금반지
엄마가 그립다.

설렘과 이별

찬란한 물길 속의 자유로움
이제는 돌아갈 수 없는
그때의 붉은 태양
한낮 열기가 뜨겁게 달군다

그날도
깊은 바다에 내려놓으며
검푸른 하늘 맞닿은
파란 마음의 풍경
험난한 세월도 스치고 지나간다

아직 오지 않는
설렘과 이별
아쉬움을 뒤로 한 채
이 순간 느낌은
내 가슴만 일렁이고 있다.

가을에 핀 꽃

가을 하늘 바라보면
높고 파아란 내 마음 같다
불그스레 얼굴
활짝 웃음을 짓는다

고추잠자리도 웃고
두둥실 떠가는
뭉게구름이 미소 짓는다

너른 평야
황금빛 들녘 숨결이 살아있다
가을은 수줍은 듯이
불그스름한 빛은
바람 따라 세월 따라
추억은 꽃잎이 되어 떠나간다.

뜰마루의 레드카펫

정자나무 숲길
나를 위한
레드카펫이 깔려있다
조심스럽게 한 걸음씩
발을 내딛기 시작했다

솔솔 불어오는 갈바람
나지막한 벤치에 앉아
풀벌레의 화음이 들는다

귀뚜라미 합창 소리
정자나무 그늘에서
고독은 자유
정겹게 가을을 느껴본다.

3부

나는 조선의 국모國母다

연못가 백일홍

작은 연못 둘레의 백일홍
발길을 잠시 멈추게 한다

햇살에 울긋불긋
활짝 웃고 있는 모습이
아기의 웃는 얼굴 닮았다

떨어지는 꽃잎이
엄마의 품이 그립듯이
백일 동안 피운다는 꽃
백일홍도
엄마의 따뜻한 손길이
그리웠나 보다.

천상의 소리

바람결에 나뭇잎이
흔들릴 때
내 마음도 흔들린다는 걸 알았다

푸릇한 이파리
천상의 소리
속삭이듯 숨결처럼 들려온다

홀로 핀
영롱한 꽃잎이여
이 아름다움
고독한 이름으로
단아한 내 모습 느끼게 한다.

여름날의 소묘

7월의 첫날
장맛비가 하염없이 내린다

찌는듯한 여름
몸이 지쳐 갈 때쯤
시원하게 퍼붓는 장맛비
막혔던 가슴속이
다 후련해졌다

비 갠 오후
꽃향기에 취한
한 마리 나비가 되어
어디론가
훨훨 날아 떠나고 싶다.

여름날 저녁별

한낮에 푸르름에
빼앗겨 버린 마음
가지마다 너른 이파리가
쉼의 그늘을 만들었다

새들도 바람도
쉬어가는 곳

나는 그늘에 누워
낮은 목소리로
하모니를 내 본다
반짝이는 저 별
나를 부른다

여름날 저녁별이.

소낙비

파란 하늘엔
칠흑 같은 먹구름이
순식간에 몰려왔다

하늘은 잔뜩 성이 났는지
천둥 번개를 치며
사냥개처럼 으르렁거린다

먹장구름은
이내 눈물 되어
슬피 울기 시작한다

눈물인지
빗물인지
설움인지.

매화꽃

잎보다 꽃이
먼저 피어난 매화나무

나무 끝에 매달린
화사한 꽃무늬가
싱그럽게 웃고 있다

매화꽃은
순백의 꽃말을 달고
꽃향기 날리며 수줍은
내 모습 닮은 듯
꽃향기로 봄을 재촉한다.

인생 이야기

꿈틀거리는 재래시장
그곳에서 벌어지는
요란한 인생 이야기가 있다

내 마음에 담아야 할
한순간 비밀이 숨어있고

밥 한 그릇
내 안에 고인 물들
토해져 나가는 듯
삶을 풀어 놓고
맑은 물이 되어
세상 빛으로 걸어가고 있다.

나는 조선의 국모國母다

화창한 겨울날
시문학 문우들과
여주 명성황후의 생가를 찾았다

생가 이곳저곳을
둘러보며
아픈 역사를 직시하고
당당했던 명성황후
또렷이 음성이 들리는 듯했다

나는 조선의 국모다

그때 황후가 걷고 있던 길을
내 나이 육십이 되어 그 길을 걸어본다

역사의 뒤안길
조선의 피가 흐르는
왕도의 길
우리는 그 길을 걷고 있다

맑은 하늘 갈색 구름은
우리의 마음을 알았는지
마치 황후가 내려보는 것 같다

나도
명성황후의 후예로
한 시대를 살아온
단아한 모습으로
그 길을 따라갈 것이다.

정숙한 여인

오늘은 처음인 것처럼
그러나 마지막일 수도
그렇게 나는 언제나
기적의 사람을 만들어 간다

살다 살다 마지막 오면
허허로운 세상
멋진 여인으로 살란다

언제나 정숙한 모습
당당하고
청초하게
그 자리에 서 있는
그런 나였으면 좋겠다,

그녀는 발레리나

음악이 흐른다
그녀가 춤추는 무대
우아한 몸짓
아름다움이 흘러 넘친다

음악에 맞춰
리듬감 있는 흔들림은
한 마리
나비처럼 곱게 나부낀다

아름다운 열정
꿈이 실현되는 그날
불타는 활화산처럼
시방 그녀 심장에 박혀있다

발레의 향연
단아한 춤사위를 보며
그녀에게
나는 끝없는 사랑으로
시 한 편을 읊는다.

연꽃 같은 사랑

당신의 따뜻한 품은
연꽃처럼 단아한
은빛 물결 잔잔한 호수

내 사랑도
작은 조각 배처럼
흔들거리지만
당신의 고귀한 사랑은
넓은 호수
연꽃처럼 피어 있다.

엄마의 눈빛

엄마
그 인자한 눈빛은
희생 사랑 안에
자식을 따뜻하게 감싸네

그 사랑은
영원히 연을 엮듯이
넓고 깊어서
저 빛보다 아름다워라

그 눈빛
잔잔한 미소
지금도 내 가슴속에 있네.

새들의 노래

새들이 부르는 노래는
청량한 바람처럼
우리 마음을 따뜻하게 감싼다

새벽에 깨어날 때쯤
새들의 고운 노래가
싱그러운 아침을 알린다

저 하늘을 날며
자유로운 날갯짓으로
자연의 품에 행복을 노래한다

저 노랫소리를 들으면
나도 저 푸른 하늘로
훨훨 날아가고 싶어진다.

사랑과 이별

인생은 한 줄기 빛은
숙명처럼
가늘고 길게 이어간다

인생길에서 겪었던
사랑과 이별은
돌다리를 건너듯
한 걸음씩 내딛는다

꿈과 현실 사이
다 아름답게 만들며
잰 발걸음으로
이곳저곳 옮기며 살아간다

삶의 노래여
순간순간마다
내가 주인공이라서
그 노래를
세상 끝날 때까지 부르리라.

따뜻한 품속

엄마의 손길은
영원한 햇살을 닮았다
자식 키우며 토닥이는
지혜의 꽃이요
사랑의 바다 같다

어느 날 우리 곁을
당신이 떠나신 후
당신을 향한
보고픔이 애절한데
사랑이 깃든
엄마의 따뜻한 품속
그립고 그리워
오늘 엄마 품에 안기고 싶다.

오색 단풍잎

가을이 오면
둘이서 한가로운
연못가를 거닐곤 했다
오색 단풍잎이 살랑거리며
바람을 타고
서로의 이야기를 엿듣고 있었다

노을빛이
가을 하늘을 물들이면
그 아름다움에 말없이 빠져든다

어느 가을날 서로의 눈빛은
작은 손길로 마음을 달래주듯이
마음이 따뜻하게 느꼈었다

가을이 오지 않아도
내 마음속에 가을은 물들어 있다

행복한 그 시절

가을이 깊어가는 어느 날
동네 어른들은 추수를 마치면
관광버스로 먼 여행을 떠난다
동네 아이들은 이른 새벽부터
관광을 떠나는 어른들을 배웅했다

텅 비어 있는 마을
아이들과 노인들뿐이다
우리는 사랑방에 모여
노래와 춤을 추며 놀곤 했다

사과밭에서
서리도 해보며 무서워서 넘어지고
덜덜 떨리던 그 시절
어른들의 관광은 마음의 안식처요 휴식이었다

우리는 참새처럼 짹짹거리며 놀던
그때
행복한 그 시절이 향수가 되어
내 마음을 울린다.

하늘을 안은 순간

어린 날
하늘을 품은 꿈이
감성의 세계로 떠나본다
잊혀진 감동 희망의 순간들

바람이 부는 숲속에서
하늘을 향해 펼쳐진 꿈의 날개
감성 조각이 마음을 감싸며
눈을 감고 미지로 달려가 본다

별빛 비치는 어둠 속에서
어린 날의 따뜻한
기억들이 떠오를 때
하늘을 안은 순간들
다시 한번 감각적으로 느끼고 싶다.

하얀 찔레꽃

오월이 오면
아파트 담벼락에
하얀 찔레꽃 피였었다
찔레꽃 향기는 온 동네
싱그러운 아침을 깨우고
그 상큼한 향기
그 고운 빛깔
설레는 내 마음도 사로잡았다

하얀 꽃잎마다
새벽이슬 머금고
순수한 자태로 절정에 다다르면
바람에 흩어지는 꽃잎은
봄의 끝자락에서
여름의 문턱을 기다리고 있다

하얀 찔레꽃이 필 때면
내 마음도 함께 피어났고
새로운 시작은 설렘이 가득해 진다

찔레꽃 향기여
청초한 찔레꽃처럼
순수하고 강렬하게 살고파라.

유월의 장미꽃

유월이 오면
붉게 핀 장미꽃
아파트 담벼락을 붉게 물들이네

꽃잎마다
오월의 향기 가득 싣고
온 동네를 채우고 있네

아침 햇살
나를 유혹하는 장미
사랑과 열정을 노래하네

그날처럼
담장에 핀 장미꽃잎
그 아름다움에 마음이 설레네

순간
사랑의 속삭임
장미꽃 향기인 듯
추억 속에 간직하고 싶네.

초록 나무 잎새

비 갠 후
청량한 하늘이 펼쳐지면
하얀 구름도
푸른 빛으로 더욱 선명해 보인다

구름 사이로
햇살이 내려와
젖은 땅을 환히 비춰주면
초록 나무 잎새마다
반짝이는 이슬방울이 맺혀
새들의 노랫소리 가득하다

투명한 하늘
맑게 핀 푸른 자연을
한 아름 껴안고
이 아름다움을 가슴에 넣는다.

아들아

아들이 부산으로 갔다
새로운 직장을 찾아
부산으로

적막한 저녁
빈방을 바라보며
그리움이 스며드는데
이 허전한 마음 어찌할까

아들아
부산의 바다 향기 마시며
새로운 꿈을 꾸거라
그리고 크게 성장하거라

멀리서도 느껴지는
아들의 열정과 끈기
걱정마세요
그 말 한마디가 위로된다

새로운 터전 위에
성실하게 최선을 다하며
성공하기를
마음 깊이 기도한다.

4부

꽃을 닮은 여인이어라

빛나는 별이어라

예쁜 딸
본업에 충실하고
모델로 빛을 발하며
사업을 키워가고 있다
그녀의 일상은
아이들을 가르치며

하루는 길고 밤은 짧아
시간이 모자라지만
열정은 가득하게 느껴진다

힘들고 지칠 때도
늘 환한 미소 지으며
한 발 한 발 나아가는 모습

다섯 가지 일
혼자서 해내는
그녀의 노력과 열정
빛나는 별이 되리라

삶의 무게 견디며
너의 꿈을 이루는 날
그때 이야기가 추억이 되리라.

꿈이 있었기에

밤하늘에 떠오르는
별빛 같은 꿈
가슴 속 깊이
소중히 간직한 채
어두운 길을 걷다 보면
별빛은 희망의 빛이 되어
갈 길을 밝히며 나아가게 하네

수많은 도전과 넘어짐에도
포기하지 않고 다시 일어서는 힘
꿈이 있었기에 우리는 강해졌고
더 높은 곳을 향해 걸어가고 있네

꿈이란
우리 마음속에
영원히 꺼지지 않는
별빛처럼 빛나는 불꽃이네.

엄마의 품

백화점에 들렀다
내 체격과 비슷한
우리 엄마
그 치수에 맞는
엄마 내의를 골랐다

감촉이 좋은 옷감
내가 만져도
너무 감촉이 좋다
울 엄마
좋아하시겠지.

우리의 이야기

삶은 우리를
끝없는 여정으로 이끈다
마주하는 비바람을 맞으며
앞만 바라보며 나아가고 있다

가끔은
눈물 젖은 길을 걸어가도
어둠을 헤치고 밝은 세상 속으로
헤쳐가며 그날을 위해 걷고 있다

꿈을 향해
그 끝이 보이는 것처럼
새로운 시작도
가끔은 모험을 경험해도
두둑한 삶은 늘 아름답다

우리의 이야기 지금부터
그 길을 향해 묵묵히 걷고 있다

나의 영혼아

고요한 밤하늘에 빛나는 별빛
그분의 말씀은
영원한 지침이 되리라

높으신 분의 사랑과 가르침
마음 깊은 곳에 각인되어
눈이 부시도록
빛나는 별빛처럼
우리의 길을 밝혀주시네

암흑 속에서도
길을 열어주시며
희망의 길을 밝히시는
참 좋으신
우리의 길잡이가 되어
나의 영혼을 빛나게 하네.

두 개의 공통점

어쩌다 만난 인연
우리의 삶을 바꿔놓은
특별한 만남이 있었다

서로 이해하고
서로 위로하며
우리는 목표를 향해 걸어간다

인연은
두 개의 공통점
하나로 모아놓으면
신비로운 선물이다

그런 소중한 인연
아낌없이 주는 나무처럼
서로 보듬으며 살아가련다

여기까지
깊어진 우리의 인연.

부부

한마음은
서로의 손을 잡고
사랑으로 가득 찬
끝없는 인생의 여정
하나가 된 인생길

어둠이 내릴 때도
서로의 빛이 되어주고
거센 파도가 덮어 올 때도
두 손 꼭 잡고 여기까지 왔네

같은 꿈을 꾸며
서로를 응원하고
어려운 시간을 함께
이겨내며 늘 처음같이
내 곁은 지켜주는 사람

사랑으로 함께한
우린
부부.

사랑의 노래

사랑은 바다처럼
끝없이 흐르고 흘러서
섬을 안아주듯
깊고 넓은 우리 마음도
한없이 가득 채워가네

사랑은 봄바람
따뜻하게 불어와
우리 마음을 감싸 안고
희망을 노래하게 하네

사랑은 꽃처럼
아름답게 피어나
향기롭게 세상을 물들이고
내 삶을 행복하게 만들어 주네

사랑은
흥겹게 부르는 노래
입 맞춰 부르는 하모니
행복한 삶의 여정이라네.

편견의 벽

편견은
마음의 벽처럼 느껴진다
서로를 이해하지 못하게
가로막는 무거운 장벽
이는 간단한 이유에 불과하다

오해는
풍성한 인간관계를
둔탁하게 만들어 놓고
얼음알갱이처럼 얼게 만든다
그러나
따뜻한 마음으로 녹이면 된다

편견의 벽은
서로 마음을 듣고 이해하는 것
서로의 다름을 받아들이는 것이다

다름을 뛰어넘는
따뜻한 손 잡아 주는 것
부드럽게 연결해서 이끌면
편견의 벽은 허물어지고
더 나은 세상을 향해
두 어깨를 기대며 나아가는 것이다.

마음의 숲

마음은 작은 숲
그 안에는 다양한 감정이
푸르른 나무처럼 자라고 있다

가끔은 그늘 밑에서
슬픈 빗소리를 듣기도 하고
가끔은 햇살 아래 누워서
나만의 행복한 노래 부른다

복잡한 세상
흔들리는 갈림길에 서서
어느 길을 택할지 고민할 때
언제나 희망의 빛이 찾아온다

마음의 숲은
더 나은 내일을 향해
호호하하 노래 부르며
두 손을 꼭 잡고 걸어가게 한다.

평화로운 휴식

하늘을 나는 새들
정겨운 노랫소리를 들려준다
바람은 살랑살랑
흥겹게 들려오는 마음의 소리

푸른 하늘을 자유롭게
춤을 추듯 비행하는 새
하나가 되고
둘이 되면
꼬리를 흔들며 우짖는다

새들의 노래
우리 마음을 어루만져주고
평화로운 휴식을 선물하고 있다

저 새들처럼
나도 푸른 날개를 펼치며
하늘을 향해.

시냇가의 속삭임

산새들의 노랫소리와
잔잔하게 흐르는 시냇물
작은 돌을 스치며
단단하게 길을 찾아간다

자유로운 방황
계곡을 넘나들며
시원한 강줄기를 덮는다

가끔은 작은 폭포를 만나
아름다운 무지개를 만들고
평온한 연못을 지나칠 때면
여유롭게 휴식을 선물한다

시냇가 속삭임은
이내 마음 달래주듯
맑고 투명한 그 몸짓
행복한 삶을 노래한다.

가족의 우아한 춤

가족은 우리 삶의 소중한
조각구름
하나로 서로를 의지하여
아름다운 꿈을 노래하네

두 어깨를 서로 기댄 채
어려움도 이겨내며
한마음 되어 결실을 만드네

각자 색깔이 있어도
곱게 빗어내며
사랑의 수채화를 그리면
우아한 춤사위처럼
든든한 버팀목
우리 가족의 소중함이여.

향기로운 여정

가시 돋친 꽃잎
잠시 찔림은 아픔을 느끼지만
삶의 여정은 향기롭다네

잠시 왔다 사라지는
고통의 질곡
비옥한 흙에 묻으면
성장의 씨앗 싹을 틔우네

흘린 눈물만큼
내 안에 강한 의지로
그 길은 거침없이 걸어가네

아
잠시동안
머무는 구름이여
길게 살아가는 향기처럼.

작은 세상

내 작은 세상은
고요한 숨결 살아있는 곳
이처럼 편안한 공간이라네

아늑한 거실
벽에 걸린 가족사진
지난 추억을 담아 놓았네

창문 너머 보이는
작은 정원은
풋풋한 풀냄새와
새들의 노랫소리
나의 소중한 작은 세상이네.

가로등 불빛

밤거리를 밝히는
가로등 불빛은
어둠을 밝혀주며
내 이야기를 들어준다

길가에 줄지은 가로등
작은 태양처럼
고단한 삶을 밝게 비춰준다

늘 그 자리에서
변함없는 모습
든든한 버팀목처럼
내 부모님처럼 지켜준다.

디지털 세계

인터넷은 세계의 관문
끝없는 정보의 바다
그 누구도 시샘 없는 자유

마우스 클릭 한 번으로
세계 이야기를 들을 수 있고
먼 곳의 친구와 소통할 수 있다

그러나 그 문 뒤에는
지독한 함정이 숨어있다
정보의 향연은
무분별한 소비자도 함께한다

인터넷은 우리의 삶을
변화시켰고
세계를 하나로 이어주지만
절제되지 못한 방탕이다

지하철에서
길거리에서
고개를 들지 못하는 사람들
뭐 그리 궁금한지.

시간의 노래

시계는 시간에 맞춰
작은 바늘과 숫자가
삶의 리듬을 연주한다

한 바퀴 돌면서
시간은 세상을 변화시켜
나아가게 하고
과거의 기억을 간직한다

그러나 시계 소리는
언제나 지나치듯
삶의 무게를 알려준다

시계의 초침은
내 삶에 노래가 되고
새로운 시작을 알리며
또 다른 세상을 만들어 준다.

길고도 짧은 울림

초인종이 울린다
찰나의 순간
그 울림은
길고도 짧은 반응이다

그 소리는 일상을 잠시
멈추게 하고
모두 주의를 집중시킨다

새벽에 울리는 초인종
누군가를 만나야 하는
작은 출발점의 시작이다

그 짧은 울림 속에
마음을 감동시켜
삶의 여정을 만들어 간다.

생명의 가치

마음의 가치는 소중한 선물
그 안에는 생명의 존재가 있어
한순간 고통도 우리를 깨운다

생명의 소중함은
사랑으로 관심을 주고받으면
몸과 마음이 건강해지고
세상을 아름답게 만들어 간다

이해와 배려는
마음의 안정과 긍정이며
나를 비우는 연습
우리 삶을 더욱 아름답게 만든다.

기쁨의 속삭임

기쁨은 마음에서
활기와 열정이 만들어진다
삶을 노래하는 세상
밝은 일상을 만들어 간다

기쁨의 파도
한 번 일어나면
멈출 줄 모르는 자유
인생길 무한한 가능성을 만든다

잔잔한 음악이 흐르듯
어디서 들려오는 속삭임
기쁨은 진정한 삶의 원천이다.

바람처럼

바람에 나뭇잎이 흔들리듯이
마음의 기쁨도 속삭이며 다가온다
부드럽게
가슴으로 느껴지는 순간
세상을 더 환한 빛으로 채워진다

기쁨은 바람처럼
가볍게 스치며 진심을 전하고
자유롭게 흩어지는
순간마다 아름다움을 맛본다

사랑은 달콤한 멜로디
행복을 느끼는 순간은
마음속에 퍼지는 향기처럼
따뜻하게 다가오는 싱그러움이다.

5부

빨간 우체통

웃음 꽃나무

웃음 나무는
나뭇가지마다
참 행복의 열매가 열린다
한 송이 웃음꽃은
일상을 활짝 열어준다

만개한 웃음
웃음꽃을 머금은 얼굴
뜨락에 핀 꽃처럼 아름답다
세상을 환하게 비춰주는 등불처럼

나는 오늘도
웃음 나무를 심는다
기쁜 몸짓으로.

아름다운 삶

그날처럼
행운은 속삭이듯
살며시 내 곁으로 왔다
나뭇잎을 스치며
따뜻하게 강렬하게
그 꿈을 향해 걸어간다

삶의 길잡이
가는 곳마다
발걸음도 가볍게
차분한 마음으로
세상을 향해 내디딘다

음악이 멈출 즈음
빈틈없는 일상은 분주하지만
나에게 다가오는 즐거움
그 어찌 아름답지 않을까.

감성의 파도

불빛은 은밀한 친구
어둠을 밝히는 속삭임
흩어진 이야기를 듣는다

천장에 매달린 등불
꾸밈도 없이
마음을 따뜻하게 녹여준다
때론
감성의 파도가 일렁거린다

막혔던 이야기
불빛 아래에 서면
기억의 선을 넘나들며
나를 보라 외친다
그때마다 빤히 바라보는
불빛.

가방을 메고

오늘
나는 설레는 마음으로
가방을 메고 길을 나선다

둔탁한 소리
가방 안에 내 인생을 담았고
세상 이야기도 담아 놓았다

그 어디를 가든
가방 안에는
기쁨과 웃음
행복을 가득 담고 다닌다

그 누굴 만나면
나는 가방을 열어 놓는다
사랑 가득 채워 놓고
내 마음도
함께 나눌 수 있는 사랑도.

사진 한 장

그때를 영원히 담아둔
사진 한 장이 멈추어 있다
그날 기억은 은은한 향기로
애틋하게 나눴던 이야기가
정갈하게 내 마음을 울린다

벽에 걸린 사진을 바라보며
우리 추억을 간직해 둔
그 사랑과 행복이 담겨있다
사진에 비친 엄마 얼굴
바라보다 그만
눈물짓게도 웃음을 짓게 한다

사진 한 장 속에는
끝없는 감동과 추억이 살아있다
그날처럼.

삶의 여정

거울 속에 비친
내 모습
지난 세월 햇살처럼 빛난다
내가 보는 것은
내가 아닌 세월
인생 여정이 또렷하게 보인다

거울은
나의 속마음을 비추며
가장 숨겨진 비밀을 보여준다
그 안에 담아 놓은
진실한 이야기
내 마음을 깊이 이해할 수 있다

돌아보면
맨 그 자리
거울에 비친 내 모습
그윽한 눈빛 아름다움은
세월이 남겨 둔 추억뿐이다.

빨간 우체통

빨간 우체통
길모퉁이에 서 있다
주소 없는 겉장은
지난 이야기가 담겨 있다
애틋한 마음 전하며
깨알 같은 글씨로 써 내려간
우정

우리 둘만의 이야기
보고 싶었지만
만나고 싶었지만
뭇 세월은 묶어 놓고
빨간 우체통에 넣어 두었다

사랑과 이별
기쁨과 슬픔이
편지지마다 그리움이 담겨 있다.

싱그러운 풀잎처럼

마음의 평화
떠오르는 아침 햇살처럼
언제나 따뜻하고 포근하다
그 안에서 자유를 찾고
세상의 소음을 잊을 수 있다

평온한 마음은
파란 하늘에 떠 있는
구름처럼 자유롭게 떠다닌다
봄 햇살에
싱그러운 풀잎처럼

잔잔한 호수
은빛 물결은
속마음까지 잠재우는 평화
그 안에
세상의 모든 걱정을 삭혀준다.

작은 소품 하나

작은 소품 하나
책장 서랍에서 발견하고
지난 추억을 떠올리게 한다

소품은
과거로 돌아가게 하는
그런 감동을 선물해준다
그때 추억
그리움이 가득 밀려온다
작은 소품 하나
속사이듯 내게 말을 건넨다
잘있었어?

세월의 흔적
손때가 듬뿍 묻은 소품 하나.

성냥불처럼

성냥을 켜면
어둠은 사라지고
거실은 환한 빛이 비춰진다
작은 불꽃이
마음을 따뜻하게 녹여준다

제 몸을 사르며
세상을 밝히는 빛
불꽃은
희망의 꽃
어둠을 밝히는 작은 빛

빨갛게 타오르는 열정
그 불빛처럼
나도 세상을 환하게 비추고 싶다.

감사의 꽃

감사는 마음의 꽃
따뜻한 꽃향기가 퍼진다
일상 속에서
감사가 있으면
마음을 포근하게 만들어진다

감사가 넘치면
서로 마음이
더 가까워지고 행복을 느낀다

한 떨기 꽃처럼.

그때 그 순간

바람에 스치는 나뭇잎처럼
작은 배려에
뜨거운 눈물이 났습니다
그 마음을 알기에
내 마음은 깊이 울었답니다

하늘과 땅을 잇는 세상
함께한 순간들
마음을 풍성하게 만들었지요

그때 그 순간
내 삶은 더 아름다웠고
뭇 사람들 즐겁게 하는 꽃잎처럼
감사를 나누는
그런 그런 사람이 되렵니다.

행복은요

행복은 마음의 노래
바람결에 나비처럼 자유롭게
세상을 훨훨 날며
모두에게 아름다움을 준답니다

행복은 피아노 연주곡
고운 선율 따라
온 천지를 울리는 세레나데
마음을 산뜻하게 만들며
사랑과 희망을 노래합니다

인생은 여행길
끝없이 이어지는 모험의 시작
웃음이 있고 노래가 있고
사랑이 넘치는
끝없이 펼쳐진 파란 숲길입니다.

소중한 선물

행복은 깊은 우물
맑은 햇살이 비친 마음
내가 너였다면
고운 햇살처럼
모두 너에게 주고 싶다

행복은 소중한 보물
주면 줄수록
가까이서 보니 더 아름답다
소소한 순간들
영원히 기억될 특별한 이야기
오늘
너에게 소중한 보물을 주고 싶다

행복은 삶의 여정
진실하게
내 마음에 피어 있는
한 떨기 이름 없는 꽃처럼.

이 모습 이대로

비가 그치고
햇살이 비추던 날
나는 육십 고개를 막 넘기려 한다
인생길 길고 긴 세월
환갑 꽃을 피우며
뿌리 깊은 나무처럼
지금 아름다운 모습으로 살고 싶다

세찬 바람 불어도 흔들림 없이
여기까지 버티며 살아왔으니
내 안에 맑은 샘물이 넘치듯
61은 단순한 숫자
그러나
삶의 흔적이 남긴 세월
지금까지 달려왔던 그 길
잘 살아왔다 토닥여 본다

세월의 흐름 속에서
흐드러지게 핀 꽃잎처럼
단아하게 그 자리에서 꽃을 피우리라.

행복한 순간이여

길고 긴 세월
더디게만 왔는데
환갑의 순간을 맞이한다
서로의 손을 잡고
함께한 시간 돌아본다

서로 이끌며 달려왔고
이제
그 길 위에 꽃이 피어났다
사랑과 이해
지혜와 인내는
내 인생길 꽃밭으로 장식해 본다

마주 보던 눈빛
우리 부부는
언제나 따스한 햇볕처럼
서로의 마음을 녹여 줬다

오!
행복한 순간이여.

기와집

고요한 기와집
뚝뚝
봄비 내리는 소리가 들려온다
창 너머
한 그루 나뭇가지마다
영롱한 구슬이 맺혀있다

바람도 스치는 창가
흥얼흥얼 노래가 흘러나온다
옛 추억이 몰려오면
가슴 따스한 향기가 풀풀 난다

가족의 웃음소리
이야기꽃을 피우면
소중한 이야기가 울려 퍼진다

세월이 흘러도 변치 않는
내가 살던 기와집
마음속 깊이 따뜻한 여운이 남는다.

꽃을 닮은 여인이어라

창가를 비추는
아침 햇살이 곱다
꽃잎 사이로
부드러운 바람 나를 감싼다
방안 가득
꽃향기가 퍼져 나간다

하늘과 땅을 잇는 징검다리
서로 어깨를 맞대고
밝은 세상을 만들면
아침 햇살처럼 곱게 물들고 싶다

꽃을 닮은 나
꽃잎이 바람에 흩날리며
가는 곳곳마다
사랑, 행복을 전하는 여인이고 싶다.

엄마의 손맛

엄마의 밥상은
한식으로 푸짐한 밥상이다
정갈하게 만든 엄마의 손맛
사랑의 향기가 난다
우리 가족은 따뜻한 마음을 느낀다

바쁜 일상을 뒤로 한 채
엄마가 준비한 저녁 만찬은
우리 가족 한자리에 모여
아름다운 이야기꽃을 틔운다

찰곡진 밥 한 공기
구수한 된장국 냄새
된장국에 손길이 가는
우리 가족
엄마 밥상은 늘 분주했다

그 안에
사랑이
희망이
정성이
가득 담겨 있는 엄마의 손맛.

축복의 선물

촛불 하나를 켠다
영롱한 샹들리에 위로
조명이 춤을 추고 있다
캐럴이 흘러나오면
이미 마음은 행복해 진다

탁자에 놓인 꽃
조명의 빛에 반사되어
우아한 꽃 잔치가 열렸다

밤하늘에 반짝이는
별빛처럼 아름답게
우리는 두 손을 모았다

축복의 선물
감사
찬양
우리 곁에 늘 그분이 계시다.

얼큰한 계장 맛

팔팔 뛰는 게를 샀다
감칠맛을 더한
얼큰한 계장을 만들었다
입맛이 어떨까
한 입 맛보니 따뜻한 정성이 담겨 있다
손길이 가는 그 마음
달달한 입맛
그 맛에서 사랑이 느껴진다

온 가족의 밥상
둘러앉아 눈을 마주치며
입안 가득 행복을 맛본다
마음을 서로 나누며 먹던
계장의 맛은 언제나 기억에 남는다

달콤한 계장
손맛이 녹아 있고
사랑이 담겨 있어
그 얼큰한 맛은 우리 가족의 행복 창고.

무성한 잡초

어린 시절 내 집
텅 빈 마당에
무성한 잡초가 발목을 감싼다

삐꺽거리는
대문을 열고 들어가 보았다
내 마음속에 언제나
엄마의 모습 보였는데
그림자도 보이질 않는다

무성한 잡초
당신이 있었다면 얼마나 좋을까
흘러간 세월
잊혀진게 아니라
내 마음속에 피어난 엄마의 얼굴
그때마다
행복한 노래가 흘러나올 것 같다

엄마의 품에 안기면
세상은 고요한 밤
엄마와 나의 무대가 되었었지
별들이 노래하고 달이 춤추는
그날이 언제였던가.

노을의 선율

저녁노을이
창틈에 내려앉을 때
세상을 붉게 물들인다
한낮 뜨거웠던 열기
저만치 사라져 가면
따뜻하게 들려오는 음성
귀에 익은 아름다운 선율이다

바람결에 스치는 노래
노을이 물든 하늘 위로 울려 퍼진다
시간이 멈춘 듯
그 순간만큼
그만 넋을 잃고 바라만 보고 있다

석양이 지면
붉게 물든 노을처럼
우리 마음도 붉게 타올라
사랑하는 이들과 함께했던 시간이 떠 오른다
그 아름다운 순간이.

엔틱 찻잔의 향수

엔틱 찻잔을 꺼냈다
지난 추억이 생각난다
커피 향이 그윽한 찻잔
얇은 입가에 닿는 순간
파르르 떨리는 느낌을 맛본다

찻잔의 모양
둔탁해 보여도
세월의 흔적이 남아있어
손길이 가는 곳마다 향기롭다

숨겨 놓은 이야기
찻잔의 열기가
뜨겁게 내 가슴 안에 안겨
그 시절 아름다움을 느끼게 한다

아
그립다
저 멀리 멀어진 추억.

소중한 시간

네모난 상자
그 안에 무엇이 숨어있을까
작은 선물에 담긴 마음
그 향기가 마음을 따뜻하게 감싼다
소중한 순간을 기억하며

받는 순간의 감동
기쁨과 눈물
선물은 내 감정을 흔들고 있다
아
행복하다

사랑을
듬뿍 담아서 전해 준
그 마음
떨림으로 상자를 열어 본다.

강렬한 느낌의 회화성

인생길에서 당기는 활시위는 자신만의 몫이다. 삶의 길목에서 만나는 인연을 통해 새로운 길을 만들어 가는 것은 순간순간마다 의미 있고 값진 변곡점을 만들어 간다.

사람과 사람의 틈에서 자신을 발견하는 일 또한 그동안 쌓아왔던 삶의 의미를 수확하는 결과물이며 그 누구를 만나는가에 따라 걸어가는 방법도 다르게 바뀐다.

시를 창작하며 지식을 얻는다는 일은 인생길에서 만난 숙명이라 하겠다. 그러기에 자신이 처한 상황에 따라 얻어지는 목표점을 향해 무던하게 걸어가야 한다.

일상적인 삶을 통해 발견한 소재로 사물이나 현상을 이미지화하고 이를 상징적인 묘사로 표현하는 일은 작가만의 경험을 바탕으로 형상화하는 일이다.

나만이 지닌 독특하고 강렬한 경험이 있다면 그것은 좋은 글의 소재가 된다. 글쓰기란 자신의 느낌을 솔직하게 표현하는 것이기 때문에 쉬지 말고 마음속에 감각이나 느낌을 끝임 없이 상상하라. 글을 쓰면서 나 자신을 바라보라. 그러면 내가 살아온 인생 여정이 눈에 선하게 비치듯 그려질 것이다.

사람마다 살아온 경험이 제각기 다르기 때문에 이것이 글을 쓰는 데 있어서 가장 중요한 요소가 된다. 이런 경험은 오감五感을 통해서 얻어지는 느낌, 맛, 촉감 등을 통해 직관적으로 통찰하여 사실적인 표현으로 재창조해 내는 것이다.

　좋은 글이란 사물이나 현상을 육안肉眼으로 사물을 보는 것과 지안智眼 생각하는 것 그리고 심안心眼 느낌으로 발견하는 것으로 자기 생각을 말하고 표현하는 창의성이 있어야만 한다.
　글쓰기는 자신을 표현하는 일이며 스스로 묻고 답하는 과정으로 다듬고 정화하여 하나의 창작품을 완성하는 것이다.
　창작은 살아 호흡하는 것이며 생동감 있는 생각과 느낌을 문자화하는 일이다.
　글을 쓰는 일은 자신을 드러내놓는 일이며 섬세하고 세밀한 감각을 통해 얻어지는 영감, 즉 문제를 제시하고 사회적인 공감대를 형성하는 것이다.
　창작은 주관적인 표현이지만 객관적인 표현 또한 간과할 수 없는 표현기법이기도 하다. 창작은 작가의 고백이지만 이는 독자와 긴밀한 소통을 통해 진솔함을 나타낸다. 글쓰기는 자신이 걸어온 경험을 통해 자연을 노래하고 인생을 노래하는 자신의 고백이기 때문이다.

　강은숙 시인의 첫 시집 『흔들리는 나뭇가지처럼』에서는 작가만의 독특한 음색을 발견할 수가 있다. 작품의 면면을 살펴보면 시적 리듬과 사물을 직시하는 세밀함을 정감 있게 표현하고 있다.

// 고요한 달빛 / 어둑한 밤바다는 / 하얗게 물든 메밀꽃밭 / 바람에 흔들리는 꽃잎은 / 속삭이듯 가슴에 스며든다 // 메밀 향기 가득한 / 오월 / 고된 하루의 끝자락 / 눈 감으면 / 그리움 피어오르는 밤 // 허전한 길 걸다 보면 / 지난날 기억이 만져지고 / 흩어진 메밀꽃 사이로 / 아련한 추억이 피어난다(메밀꽃이 필 때 전문)

은유적인 표현은 시적인 신비스러움을 한층 높이게 한다. 시 제목에서 시 전체를 암시하는 의미 전달은 작가만이 자신의 독백이기에 독특한 언어를 만들어 낸다.

/ 고요한 달빛 / 어둑한 밤바다는 / 하얗게 물든 메밀꽃밭 /

이러한 표현은 사물을 보고 느낌을 사실적으로 표현했다. 달빛에 비춰진 메밀밭을 보는 것 같은 촉각을 느끼게 한다.
시 창작은 시각적인 부분을 심리적인 감성대로 그 생각을 정리하는 것이다.

/ 지난날 기억이 만져지고 / 흩어진 메밀꽃 사이로 / 아련한 추억이 피어난다 /

현장성을 통해 자신이 경험한 사실적인 부분을 표현했다. 시적인 표현은 낱말의 선택에 따라 글의 리듬이 달라질 수가 있다.

/ 지난날 기억이 마져지고 /

시인은 현실을 창조하는 것이다. 그러기에 글을 창작하는 일은 자신의 내면 안에 있는 경험을 토설하는 것이다. 즉, 자신만이 가지고 있는 독창적인 감성으로 표현하는 것이다.

시인은 메밀꽃이 만발한 메밀밭을 걸었던 아련한 추억을 현실적인 삶의 여정을 통해 자신의 생각을 표현했다. 이는 세밀한 관찰을 통해 창작되었기에 생동감 있게 느껴진다.

// 네가 떠오르면 / 그 시원한 여름날이 생각나 / 비는 왜 그리 많이 내리던지 // 나는 초보 농부로 / 밭두렁에 파란 줄기를 볼 때마다 / 기쁨과 웃음이 가득했지 // 가을이 오면 / 너를 만날 생각에 가슴이 두근거렸고 / 너는 잘 자랐을까 / 크고 통통한 아이일까 // 마침 가을이 되면 / 너를 만날 생각에 / 순간 너를 보고 / 그날을 잊을 수가 없었지 / 행복했으니까 / 자연이 준 선물 기쁨이 가득했어(여름날의 웃음 전문)

글쓰기는 다양한 소재를 통해 얻어지는 감흥을 통해 하나의 창작품이 탄생한다. 작가가 추구하는 영역은 일상생활에서 얻어지는 다양한 경험을 바탕으로 생명력 있는 창작품을 만들어 낸다.
우리가 살아가는 일상은 늘 기다림과 설렘으로 가득차 있다. 이러한 감각적인 삶은 자아를 발견하며 또 다른 삶을 만들어 가기 때문이다.

/ 나는 초보 농부로 / 밭두렁에 파란 줄기를 볼 때마다 / 기쁨과 웃음이 가득했지 /

시인은 작은 텃밭을 개간하여 작물을 파종하고 이들이 성장하는 과정을 사실적으로 표현했다. 초보 농부로 작물을 바라볼 때마다 느끼는 성취감이 남달랐을 것이다. 이는 일을 해서 얻어지는 땀을 흘린 보상물이기 때문이다. 참 정감있게 다가온다.

/ 가을이 오면 / 너를 만날 생각에 가슴이 두근거렸고 / 너는 잘 자랐을까 / 크고 통통한 아이일까 /

이는 사물에 대한 세밀한 관찰을 통해 마치 대화를 나누는 것처럼 정감 있게 느껴진다. 단순하게 느껴지지만 그림으로 그려지는 정확한 문장의 표현은 사고와 논리적이다.

// 그녀가 / 하얀 드레스를 입고 / 신부처럼 환하게 웃고 있다 / 한 장의 가족사진 / 순간의 표정으로 머물러 있다(중략) // 지나치는 삶 / 덧없이 흘러만 가는데 / 엄마는 / 계속 웃고만 계신다 // 인생길 한순간을 내려놓고 / 영원히 그 자리 / 내 삶 속에 / 엄마는 늘 머물러 있다(사진 한 장 부분)

우리가 살아가고 있는 인생길이 영원할 것만 같지만 정해진 날이 되면 저 먼 세상으로 여행을 떠난다. 그런 미래를 알고 있는 우리, 그러나 천년을 살 것처럼 욕심대로 세상을 다 내 것으로 만들고 싶은 욕망 그래서 세월이 흐르면 모든 것들을 후회 하게 된다.

/ 한 장의 가족사진 / 순간의 표정으로 머물러 있다 /

가족을 잃은 슬픔은 어떻게 표현을 하더라도 그 아픔은 가시지 않는다. 영원히 내 곁에 계실 것만 같은 부모님은 더 그러하다. 그만큼 사랑은 소중한 것이기 때문이다.

/ 영원히 그 자리 / 내 삶 속에 / 엄마는 늘 머물러 있다 /

살아생전에 부모님께 극진하게 효를 다했다고 생각을 했을지라도 막상 내 곁은 떠나신 후에는 아쉬움에 가슴팍을 치게 된다.

// 밤하늘 별을 보면 / 마치 울 엄마 얼굴을 닮았다 // 보고 싶고 / 만지고 싶고 / 얼굴 마주 보며 / 이야기하고 싶은 오늘이다(밤하늘에 별 부분)

별을 담을 엄마의 얼굴 살아생전에 보듬고 만질 수 있었던 그런 애틋한 행동이 지금을 할 수 없는 현실이기에 시인은 가슴 안에 쌓인 설움을 글로 표현하고 있다.

// 아버지 / 따뜻한 음성은 / 나를 항상 따라 다닌다 / 힘들 때도 / 기쁠 때도 / 지금, 이 순간에도(그 따뜻함이여 부분)

효는 부모님을 섬기는 일이다. 시인은 부모님에 대해 애틋함이 남다름을 느끼게 한다.
사랑은 내리사랑이라 했던가. 부모님과의 관계 그리고 자녀와의 관계에서 가족이라는 울타리가 그만큼 소중하기 때문이다. 글쓰기는 자신만이 가지고 있는 경험을 바탕으로 쓸거리를 만드는 일이다.

신선한 소재와 작가만이 간직하고 있는 비밀스러운 이야기를 시적인 감성으로 고백하는 것이다.

// 시제詩題가 막 떠오른다 / 톡톡 터지는 소리 / 아우성을 치며 / 감췄던 글을 고백하라며 / 밤을 뜬눈으로 지새웠다 // 너도나도 / 시제가 살아 꿈틀거리는 / 쿵쿵 / 설레던 첫날밤(설레던 첫날밤 전문)

시 강의를 듣고 그날 밤 잠을 이룰 수가 없었다는 시인의 고백이다. 시적인 감성은 자신의 내면에 빈자리를 집요하리만큼 파고드는 일이다. 처음 시를 합평하는 과정에서 지도 교수와 교감이 남달랐음을 느끼게 한다. 글을 쓰기 위한 도구는 머릿속을 비우는 일이다. 시적인 감성은 자신만이 가지고 있는 지식을 꺼내는 일이며 이야기를 전달하고 이를 독자와 교감하는 것이다.

// 사랑은 꽃처럼 / 아름답게 피어나 / 향기롭게 세상을 물들이고 / 내 삶을 행복하게 만들어 주네(사랑의 노래. 부분)

시는 순간 일어나는 감흥이나 실제적인 사건을 생생하게 그려내는 것이다. 시 창작의 기본은 바로 사물이나 현상을 보고 느낌을 사실적으로 문자화하는 일이며 이는 사고 즉, 생각을 덧입히는 것이다.

강은숙 시인은 일상생활에서 겪었던 크고 작은일 부터 주변의 사물을 그냥 지나치지 않고 시적인 소재를 발견하여 여러 편의 시를 낚았다. 작가의 예리한 통찰력이 돋보인다.

// 찌는 듯한 여름 / 몸이 지쳐 갈 때쯤 / 시원하게 퍼붓는 장맛비 / 막혔던 가슴속이 / 다 후련해졌다 // 비 갠 오후 / 꽃향기에 취한 / 한 마리 나비가 되어 / 어디론가 / 훨훨 날아 떠나고 싶다(여름날의 소묘 부분)

사계절 중에서 여름은 우리 삶에 독특한 향수를 만들게 한다. 오랜 장맛비 그리고 무더운 날씨 밤잠을 설치게 하는 열대야로 일상생활에 지장을 초래하기도 한다. 그러나 여름은 풍성한 과일 그리고 싱그러운 야채를 선물해주기도 한다.

또한, 산과 바다로 해외로 여행을 즐길 수 있는 계절이 여름이 아니었던가. 그래서 작가에게는 글을 쓸 수 있는 다양한 소재를 제공하기도 한다.

시인은 시원하게 내리는 장맛비를 맞으며 막혔던 가슴이 후련해진다고도 말한다. 그리고 비가 그치면 맑고 파란 하늘을 보며 공중을 자유롭게 나는 한 마리 나비처럼 세상을 훨훨 날고 싶다 했다.

// 언어에 꽃 피우는 / 그 길을 걸어 본다 // 초심을 잃지 않고 피어난 / 열정의 꽃 / 그 안에서 / 뜨거운 감성은 파도처럼 / 한층 더 깊어진 / 훨훨 타오르는 불꽃이 되었다(나는 시인이다. 부분)

언어에 꽃을 피우는 문체가 돋보인다. 초심을 잃지 않고 피어난 꽃의 표현은 시 창작에 열정을 불사르고 있음을 직감할 수가 있다.

글쓰기에는 소재의 독창성 그리고 보편적인 공감이 일어날 때 흥미를 더하게 하며 독자와 긴밀한 소통을 만들어 낸다.

시 한 편을 통해 그 누군가는 꿈을 갖게 하고 용기를 얻는 삶의 촉매제 역할을 한다.

강은숙 시인은 앞으로 시적인 감성이 가슴 안에 가득해서 좋은 창작품을 만들어 낼 것이라 기대한다. 그동안 축적해 저장해왔던 경험을 본질적으로 정직하게 논리성과 예술적인 감각으로 표현하고 있기 때문이다.

// 기쁨은 바람처럼 / 가볍게 스치며 진심을 전하고 / 자유롭게 흩어지는 / 순간마다 아름다움을 맛본다 // 사랑은 달콤한 멜로디 / 행복을 느끼는 순간은 / 마음속에 퍼지는 향기처럼 / 따뜻하게 다가오는 싱그러움이다(바람처럼 부분)

창작은 작가의 시선이 일상생활 주변에서 발견할 수 있다. 그냥 스치고 지나치기 때문에 다양한 소재를 발견하지 못한다. 생활 주변에서 얻어지는 소재는 풍부하고 다양해서 다채로운 창작품을 만들 수 있다.
무엇을 쓸 것인가 분명하게 결정해야 하며 구체적인 재료가 어떤 의미나 가치가 글의 중심적인 이미지와 사상을 나타낸다.

/ 가볍게 스치며 진심을 전하고 / 자유롭게 흩어지는 / 순간마다 아름다움을 맛본다 /

작가는 평범한 소재를 통해 자신을 발견하고 내 곁을 스치고 지나가는 바람을 소재로 공감을 얻어내고 있다.

/ 마음속에 퍼지는 향기처럼 /

이러한 느낌은 바로 사물이나 현상을 사실적으로 표현하고 있다. 다만 글의 흥미를 더하기 위해서는 주제를 뒷받침하는 예증이나 소재도 필요한 부분이다. 이처럼 글의 소재의 독창성은 참신하고 보편적인 공감을 불러올 수 있어야 한다. 시적인 표현이 평범하면서도 그 낱말이 마음에 꽂혀 독자와 소통한다면 좋은 작품으로 남아 독자에게 사랑을 받게 된다.

// 오늘 / 나는 설레는 마음으로 / 가방을 메고 길을 나선다 // 둔탁한 소리 / 가방 안에 내 인생을 담았고 / 세상 이야기도 담아 놓았다 // 그 어디를 가든 / 가방 안에는 / 기쁨과 웃음 / 행복을 가득 담고 다닌다(가방을 메고 부분)

작가는 자신만이 간직하고 있는 내면의 있는 것들을 꺼내 놓을 수 있어야 한다. 이는 내면에 보이는 것과 사물을 보고 느끼는 상상력으로 절제된 표현을 통해 상징적인 이미지로 글을 완성하기 때문이다. 글의 소재는 무엇이든 자신이 아는 만큼 눈에 마음에 보이는 법이다.

// 둔탁한 소리 / 가방 안에 내 인생을 담았고 / 세상 이야기도 담아 놓았다 /

작가의 고유한 목소리를 담을 수 있으며 미묘한 결말 즉, 자신의 고백을 통해 세상 밖으로 배출하는 것이다.

/ 가방 안에는 / 기쁨과 웃음 / 행복을 가득 담고 다닌다 /

단순한 언어의 구성이 아닌 멋진 문장을 만들어 가는 하나의 과정이다. 작가만이 표현하는 이야기 그리고 그 누구도 들어보지 못한 이야기를 세상에 내놓을 때 좋은 예술작품으로 탄생한다.

// 바람에 스치는 나뭇잎처럼 / 작은 배려에 / 뜨거운 눈물이 났습니다 / 그 마음을 알기에 / 내 마음은 깊이 울었답니다(그때 그 순간 부분)

보이지 않는 바람에도 그 느낌이 마음이 뜨거워지고 감사가 가슴 안에서 우러나는 신선함이 돋보인다.

시란 자신의 느낌을 서슴없이 솔직하게 나타내는 작업이다. 감각적인 느낌에서 생각 즉, 상상력이 펼쳐지는 것이며 산뜻한 느낌을 주는 글이라 하겠다.

번뜩 떠오르는 감각적인 영감 이는 마음 그 자체의 감정의 표현이다. 이처럼 글쓰기는 자기 자신을 정직하게 들어내는 것이며 진솔하게 느낌 그대로를 서술하는 것이다. 좋은 작품은 참신하고 독특한 비유나 묘사를 통해 쉽게 쓸 수 있다.

강은숙 시인은 글의 소재를 탁월하게 발견하고 뚜렷한 주제의 표현력에서 남다른 감성을 지니고 있다.

흔들리는 나뭇가지처럼

뜨락에 시선 016

초판 인쇄 2024년 7월 25일
초판 발행 2024년 7월 30일

지 은 이 강은숙
펴 낸 이 박가을
디 자 인 이재은
펴 낸 곳 도서출판 🐢 뜨락에

편 집 출 판 도서출판 뜨락에
등 록 번 호 제2015-000075호
등 록 일 자 2015년 9월 3일
주   소 경기도 안산시 상록구 학사1길4-1
전 화 번 호 031-486-0004
전 자 우 편 kwang6112@naver.com

ISBN 979-11-88839-25-4
정가 12,000원